CURIOSITÉS

DE MONSEIGNEUR LE DUC DE BERRY,

OU

Recueil d'Objets les plus avantageux aux progrès de l'Agriculture, des Arts et Manufactures, représentés en relief, par des Modèles proportionnés.

DESCRIPTION

DE

MODÈLES EN RELIEF,

Sur les Inventions, Découvertes, Perfectionnemens des Arts
et Métiers, Monumens publics, etc.,

OU

Modèles-Curiosités de S. A. R. Monseigneur le DUC DE BERRY,
exécutés en proportion, sous la direction de Q. Durand, Architecte
des Jardins, Membre de plusieurs Sociétés savantes, etc., etc.

Prix : *sans les Modèles*, 2 *francs.*

A PARIS,

AU MAGASIN D'INVENTIONS, RUE DE BUSSY, N.° 19.

1817.

A SON ALTESSE ROYALE

MONSEIGNEUR CHARLES-FERDINAND,

DUC DE BERRY,

FILS DE FRANCE,

COLONEL GÉNÉRAL DES LANCIERS ET CHASSEURS A CHEVAL.

Monseigneur,

J'ai l'honneur de vous présenter le Modèle du Temple de la Paix, composé en mémoire du grand changement qui rendit à nos vœux les illustres BOURBONS.

A peine cette famille chérie est-elle remontée sur le trône de ses ancêtres, qu'elle cherche, à l'envi de son auguste Chef, le moyen de fermer

les plaies de la patrie. Et vous, Prince auguste! vous, digne descendant du
bon Henri! vous qui en possédez la courtoisie, la valeur et la bienfaisance!
c'est par vos soins que le commerce va reprendre toute sa vigueur. La
protection que vous accordez aux arts utiles est un exemple sublime qui
trouve partout des imitateurs. Déjà chacun fait l'éloge des Curiosités
du Duc de Berry; les personnes mêmes dont les goûts sont frivoles,
apprennent avec une surprise mêlée d'admiration, qu'au lieu de ces futiles
objets nommés Curiosités, il s'agit de modèles en reliefs, découvrant à
l'ouvrier le moins intelligent, les secrets d'une invention utile à son état.
Jusqu'alors, l'impression et la gravure avaient seules publié les découvertes utiles; mais combien ces moyens sont insuffisans? combien la gravure laisse-t-elle de doutes à éclaircir? Et d'ailleurs, la plupart des livres
traitant de choses utiles, ne sont-ils pas ensevelis dans une bibliothèque
appartenant bien souvent à un maître insouciant, auquel la fortune ne
laisse aucun besoin?

    La capitale possède, il est vrai, un Conservatoire d'Arts et Métiers; mais
les artisans qui pourraient profiter des choses utiles qu'il renferme, sont le
plus souvent éloignés de Paris. C'est au milieu de leurs départemens respec-
tifs, qu'il fallait un semblable conservatoire. Votre Altesse Royale a fait

mieux encore; c'est dans chaque ville, dans chaque village même, que s'élèvent d'aussi utiles établissemens. Depuis le préfet jusqu'à l'humble pasteur du hameau, chacun monte des cabinets de Modèles-Curiosités : les libéralités de Votre Altesse Royale me mettent en état de donner au public des modèles au même prix que coûte ordinairement leur description imprimée et gravée.

Une souscription a été ouverte au commencement de l'année 1816; chaque abonné reçoit un modèle par mois, pour la modique somme de 5 francs.

J'aurai l'honneur de soumettre à Votre Altesse Royale, la liste des souscripteurs, qui s'accroît chaque jours; vous y verrez, Monseigneur, parmi d'autres noms distingués, ceux d'Orléans, Penthièvre, et de MM. les Duc et Prince de Montmorency.

Espérant que le Temple de la Paix pourrait trouver une place dans les jardins de Votre Altesse Royale, cette pensée agréable m'a déterminé dans le choix de mes ornemens. J'ai voulu qu'il rappelât la plus belle entreprise qu'un temps de paix puisse faire prospérer, puisque le commerce en recevra une nouvelle vigueur, par les secours que chaque branche d'industrie retirera des ses nombreux conservatoires de modèles répandus dans la France; ce qui donnera bientôt à VOTRE ALTESSE ROYALE la satisfaction

> De pouvoir, en voyant partout fleurir la paix,
> Dire, tous ces heureux, c'est moi qui les ai faits...

Effectivement, n'est-ce pas pendant la paix que fleurissent les arts? Ne sont-ce pas eux qui font la félicité, la gloire et la force des Nations? Telles ont été mes vues, en formant les trophées pour en décorer mon Temple de la Paix. J'ai d'ailleurs pensé que MONSEIGNEUR ne verrait dans ce choix, qu'un effet du zèle et du profond respect avec lequel

J'ai l'honneur d'être,

MONSEIGNEUR,

DE VOTRE ALTESSE ROYALE,

Le très-humble et très-soumis sujet,
Q. DURAND.

DESCRIPTION
DE
MODÈLES EN RELIEF.

~~~~~~

N.° I.

TEMPLE DE LA PAIX,

DÉDIÉ A S. A. R. MONSEIGNEUR LE DUC DE BERRY.

Echelle de 4 lignes pour pied.

CET édifice s'élève sur un plan circulaire régulier : j'ai dû adopter cette forme, qui est en géométrie le symbole d'une parfaite union. L'on parvient dans l'intérieur par huit portes en arcades plein cintre, après avoir franchi cinq marches : ce nombre impair donne à ceux qui montent un air de dignité, ainsi que l'observaient les anciens. Les pieds droits des arcades sont ornés par des trophées de sciences et arts, sculptés en bas-reliefs, tels que l'Agriculture, représentant mes nouveaux outils de jardinage; l'Architecture, les Sciences, la Chasse, les

Arts et Métiers, la Musique, la Sculpture et la Peinture. Ces trophées se terminent entre les archivoltes de sculpture d'un genre arabesque ; l'on y voit des génies tenant des instrumens analogues aux attributs de dessous : au milieu sont des couronnes suspendues à des sceptres, terminées de fleurs de lis, au centre desquelles sont placés en sautoir les outils les plus connus de l'art représenté. Des tiges de lis fleuris s'inclinent vers les archivoltes ; au-dessous de la corniche de l'entablement est une frise richement décorée, représentant des cygnes chargés de guirlandes de fleurs ; entre ces oiseaux, symbole de la paix et de l'union, j'ai placé alternativement des couronnes, des palmes, des fleurs de lis, et le chiffre de notre Roi.

Le Temple, couvert en plomb, est surmonté d'une statue piédestre représentant Astrée.

La décoration de l'intérieur dépend du goût du propriétaire. Cette jolie rotonde peut servir de bibliothèque champêtre et de salle de concert. Elle s'élève au milieu d'une pièce de gazon, bordée et entrecoupée d'un ruisseau qui coule avec un doux murmure, et ne s'échappe de ces lieux, qu'il paraît regretter, qu'après être revenu plusieurs fois sur ses pas ; disparaissant ensuite au travers d'un petit bois touffu, où l'on a soin de déposer chaque jour la nourriture de quelques oiseaux aquatiques, qui font le plus bel ornement de ce ruisseau ; ce qui attire aussi les oiseaux libres, qui font entendre leur chant mélodieux tout le temps de la belle saison. Il faut avoir soin de choisir cet emplacement au pied d'une montagne qui serve de rempart aux vents froids, et présente à la vue de gras pâturages, au travers desquels on ménagera un sentier dessiné avec art ; ce qui, en éloignant considérablement la vue, produira un fort bel effet. Une vaste et riche campagne bien cultivée peut terminer ce tableau. En général, le paysage doit être plus champêtre que sauvage, de manière que les différentes parties qui le composent forment un tout enchanteur.

N.° II.

PETIT TEMPLE DE DIANE.

Echelle de 4 lignes pour pied.

Pour peu qu'un domaine soit étendu, l'on court risque d'être surpris à chaque instant par un orage, en allant à la chasse; s'il ne se trouve aucun abri pour se mettre à couvert, la santé et même la vie sont dans le plus grand danger. Ma femme a eu un de ses parens qui aimait passionnément cette récréation; un jour, après avoir couru une partie de la journée, il fut surpris par une de ces averses si fréquentes dans la belle saison; de retour chez lui, l'on fut obligé de l'aider à se mettre au lit. Bientôt en proie à une fièvre brûlante, il mourut dans les tourmens du transport. En ce moment, un jeune peintre de mes amis se trouve attaqué d'une fièvre rhumatismale goutteuse, pour avoir essuyé le même accident en allant peindre un paysage d'après nature.

Je pense que mes abonnés seront satisfaits, en trouvant dans le petit Temple de Diane, un de ces abris si nécessaires pour éviter de semblables malheurs. Le pavillon que présente ce modèle est bâti en briques, sur un plan circulaire, orné au pourtour d'une colonnade rustique, formée par des troncs d'arbres dépouillés de leur écorce, et couronnés d'un petit cube de bois à la place de chapiteau, qui soutient une partie de la sablière, laquelle sert tout à la fois de liaison au mur et de linteau aux portes ; cette sablière supporte une nouvelle charpente, construite en planche, d'après le système de Philibert Delorme, que j'ai eu l'avantage de perfectionner sous les rapports de la main-d'œuvre, de l'économie et de la solidité *. La couverture est faite en paille, posée par étage ; le faîte se termine par une gerbe.

L'on aura soin de construire ce Pavillon sur un terrain découvert au moins de six toises au pourtour. Cet emplacement doit être le centre où viennent aboutir divers sentiers, afin que cette construction serve à la fois de rendez-vous et d'abri aux chasseurs.

---

* Le modèle de cette charpente, qui peut s'appliquer à toutes sortes de constructions, paraîtra dans les prochains numéros, ainsi que plusieurs autres inventions sur cette partie intéressante du bâtiment.

N.° III.

MODÈLE D'UN FOURNEAU ÉCONOMIQUE.

Echelle d'un pouce pour pied.

Ce Fourneau est susceptible d'être exécuté sur de plus ou moins grandes dimensions, pour toutes sortes d'usages, entr'autres dans les laboratoires de chimie et fourneaux de lessive.

Il est peu de personnes qui n'ayent entendu faire l'éloge des pierres factices de M. Cointeraux; cet auteur infatigable les applique à la construction des murs d'enclos, des fermes, et même des maisons de trois étages. M. Vaucklin les a employées à la construction des fourneaux de sa manufacture de produits chimiques. Il a reconnu qu'elles n'étaient pas conductrices de chaleur, par conséquent susceptibles d'être employées, non dans l'intérieur, mais à l'extérieur des fourneaux, pour concentrer le calorique. Ce fait ayant été constaté, les fabriques de charbons épurés de Dormans-sur-Marne et Choisy-sur-Seine, ont établi, depuis plusieurs années, et continuent à se servir de fourneaux en pierres factices. Cette application étant, comme on le voit, d'une utilité générale, je pense que mes abonnés seront satisfaits d'avoir sous les yeux un modèle qui leur démontre la manière d'employer ces nouveaux matériaux, conjointement avec la brique cuite.

a

DESCRIPTION ET CONSTRUCTION DE CE NOUVEAU FOURNEAU.

FAITES élever un massif de maçonnerie A au-dessus du niveau du sol; carrelez-le en-suite d'un rang de briques B posées à plat et à bains de mortier de terre à four, dont vous ferez également usage pour remplir les joints au-dessus; après quoi vous soupoudrerez le carrelage de plâtre ou de chaux pulvérisée, afin de pouvoir tracer de suite le petit mur cir-culaire C (voyez le dedans du modèle et les deux autres petits murs D, D formant la largeur du foyer); cette opération terminée, l'ouvrier commence à construire avec des briques cuites au-dedans et des briques factices E au dehors, en ayant soin d'échancrer les briques cuites, qui forment les deux premiers passages de la fumée, ainsi qu'on l'aper-çoit en regardant du côté de la porte et par derrière les murs D, D. Il est aisé de com-prendre que la chaudière étant à sa place, doit porter sur les murs C et D, D, qu'elle joint hermétiquement les conduits ou évolutions horizontales formées de briques sur champ, dont le tiers environ est pris sur le mur circulaire; par ce moyen, la flamme et la fumée, après avoir échauffé le fond de la chaudière, reviennent vers la porte.

* La fumée prend alors son cours par les petits conduits en tôle, pratiqués derrière les murs D, D; rencontrant une séparation placée au-dessus de la porte, elle tient de droite et de gauche, en longeant les parois extérieurs de la chaudière, à l'extrémité de laquelle, rencon-trant un passage commun, elle gravit l'étage supérieur et revient sur ses pas; parcourant de la

---

* C'est par ce moyen que l'on retient le calorique dans les fours de boulanger et autres semblables.

sorte trois étages, d'où elle s'échappe par l'ouverture I où s'emboîte le tuyau, laissant par ce moyen tout son calorique au profit du liquide que l'on veut échauffer.

Si la chaudière est de petite dimension, l'on pourra la poser de suite sur les murs C et D, D, pour construire à-l'entour les circonvolutions ou conduits; si, au contraire elle était assez grande pour que l'ouvrier pût se tenir commodément dans le fourneau, il faudrait faire faire des cercles ou calibres en bois, dont l'un, placé au haut du fourneau, donnerait la grande circonférence de la chaudière, et l'autre pris sur la plus petite circonférence. Ces deux calibres, scellés en place d'après une ligne à plomb qui leur servirait de centre commun, l'ouvrier construira facilement les circonvolutions, en promenant une règle verticalement placée d'un calibre à l'autre.

Je ne saurais trop recommander le mécanisme que je viens de décrire. M. Bruine, poélier, en fait usage dans les hospices de Paris, et aux bains Vigier, sur Seine. Cet artiste étant des plus consommés dans l'art fumivore, je promets faire connaître, aux numéros suivans, quelques-unes de ses inventions très-importantes à l'économie domestique, entr'autres un poêle économique et salubre, approuvé par l'École de Médecine, et pour lequel M. Bruine a été breveté. Il vient tout récemment d'imaginer une cheminée en terre cuite, qui a été présentée à la Société d'encouragement, et qui obtient un très-grand succès.

Revenons à mon fourneau : son foyer, tel que le représente le modèle, est disposé pour brûler du bois; mais si l'on voulait faire usage de charbon de terre, il faudrait partager sa hauteur en deux, au moyen d'une grille, l'on aurait alors le cendrier nécessaire pour l'usage de ce combustible, qui demande à être plus près de la chaudière.

Jetons un dernier coup-d'œil sur le modèle, G carrelage en briques cuites, faisant saillie sur les pierres factices pour les garantir de l'eau que l'on est sujet à répandre dessus. Cette précaution est utile à tous les fourneaux dont on vide la chaudière par le haut, même pour ceux en briques cuites; l'Administration des hospices les fait recouvrir en cuivre étamé, ce qui est beaucoup plus propre pour la cuisine. E, pierres factices; l'on peut remarquer la beauté de leur appareil et leur jonction avec la brique cuite. B, briques posées à plat, formant l'âtre. A, massif en moëllon de carrière, pour élever le foyer.

J'ai connu des personnes qui, par une économie mal entendue, n'employaient que des pierres factices dans la construction de leurs fourneaux; ces pierres étant apire, c'est-à-dire non conductrices de chaleur, elles n'ont pas, par cette raison, autant de réflexion que la terre cuite sur les parois de la chaudière. L'on doit donc revêtir l'intérieur de ces fourneaux de briques cuites; un seul rang posé à plat suffira aux plus grandes dimensions, sur champ, pour les fourneaux ordinaires; et si la brique manquait, l'on ferait carreler au moins l'intérieur en débris de tuyaux.

Je finirai cet article en rectifiant une erreur qui s'est glissée dans le 10.me cahier du *Physico-Economique*, année 1812. Mon goût dominant pour l'architecture champêtre, me fit suivre les leçons de M. Cointeraux sur sa manière économique de bâtir. Etant même chargé de l'exécution des modèles en pierres factices, connus sous le nom d'exposition des modèles, chez mademoiselle Cointeraux, je venais d'exécuter un fourneau semblable à celui que je viens de décrire, excepté qu'il était moins facile à transporter, et moins parfait que celui-ci. M. Denis de Monfort, l'un des collaborateurs du *Physico*, vint à l'exposition; cet écrivain, qui possède beaucoup de connaissances dans l'économie domestique, fut frappé de l'avantage de mon modèle; mais, trompé par sa grande dimension, il le conseilla comme un meuble utile aux ménagères, ce qui induisit en erreur plusieurs personnes. Le rédacteur, après avoir fait l'éloge de ce fourneau, donna une planche pour développer la mécanisme de l'intérieur ; mais au lieu de représenter les conduits de niveau, il les fait voir inclinés ; la différence est si grande, qu'il détruit tous les avantages de mes circonvolutions ; il est vrai qu'il a pu être induit en erreur par la 6.me conférence de M. Cointeraux, qui fait mention de l'ancien usage d'incliner les conduits des fourneaux. Je joins ici cette planche, pour que mes abonnés en puissent faire la différence avec le modèle que je leur présente, se garantissant par là de la fraude des ouvriers, qui assurent avoir suivi le modèle, quand ils n'ont suivi que leur ancienne routine.

Planche 1.re, figure 1.re, fourneau circulaire, en pierres factices, adossé contre un mur, vu par-dessus. Figure 1, moëllons factices ; 2, revêtissement en briques cuites ; 3, place de la chaudière ; 6, passage de la fumée. Figure 2, coupe du même fourneau ; 1, briques factices ; 2, briques cuites ; 3, chaudières ; 4, talu pour l'écoulement des eaux, au-dessus de ce chiffre le cendrier ; 5, foyer ; 8, grand diaphragme en tôle ou en cuivre étamé, pour garantir le fourneau de l'eau que l'on jette par-dessus. Figure 3, élévation du même ; 1, moëllons factices ; 3, chaudière ; 4 cendrier ; 5, foyer ; 8, diaphragme pour l'écoulement des eaux ; 6, tuyaux de la fumée ; 7,7, fondation en briques. Figure 4, élévation et coupe d'un fourneau tout en pierres factices : l'on y remarque le jeu du feu autour d'un seul conduit oblique ; 1,1, cendrier et pierres factices ; 2, foyer ; 3, l'espace comprise entre le conduit et le rebord de la chaudière ; 4, sortie de la fumée ; 5,5, les conduits ou circonvolutions en briques. Figures 5, élévation et coupe d'un fourneau en briques avec circonvolutions, d'après l'ancienne méthode. B, C, D, G, conduits dont une partie est ponctuée derrière la chaudière ; H, sortie de la fumée ; FF, autre route que l'on peut faire prendre à la fumée. Figure 6, coupe semblable à la précédente, mais dont les conduits au lieu d'être obliques sont horizontaux, ainsi que le désigne le modèle. A, foyer ; B, sortie de la fumée.

N.ᵒˢ IV et V.

DEUX CABANES

POUR L'ORNEMENT D'UN PETIT BOIS.

Echelle de 2 lignes pour pied.

Ces Cabanes sont construites en pierres de meulière, ou, à leur défaut, d'argile à laquelle on donne cette forme, que l'on cuit et soupoudre de pierres pulvérisées ; elles sont couvertes l'une et l'autre de roseaux ou de paille. La couverture de la cabane numéro **IV**, ' est angulaire ; celle du numéro **V** est arrondie.

Si les environs de ces cabanes répondaient à l'idée que l'on en peut prendre par la croix rustique qui s'élève sur la couverture, on pourrait les qualifier du nom d'ermitage. Il faut faire les murs fort épais, pour rendre leur séjour plus frais en été.

~~~~~~

N.º VI.

MODÈLE DE LA PORTE SAINT-MARTIN,

ET PREMIER NUMERO DES MONUMENS DE PARIS.

Echelle de 2 lignes pour pied.

En 1674, la ville de Paris ayant fait démolir l'ancienne Porte Saint-Martin, construite dans la jeunesse de Louis XIII, fit commencer à la même place l'arc-de-triomphe que l'on voit aujourd'hui en l'honneur de Louis XIV, pour transmettre à la postérité ses conquêtes de la Flandre et de la Franche-Comté.

DESCRIPTION.

Ce monument est flanqué, à ses extrémités, de deux petits pavillons rectangulaires, qui étaient autrefois des corps-de-garde; mais il est à présumer que l'architecte les a faits dans le principe, pour servir de contrefort à cet édifice, qui est traversé dans son épaisseur par trois arcades plein cintre. Celle du milieu, où passent les voitures, a 15 pieds 8 pouces de large, sur 31 pieds 4 pouces de haut. Les arcades collatérales par où passent les piétons, ont 8 pieds de large sur le double d'élévation. Les 4 pieds droits de ces portes ont 5 pieds 5 pouces de face. La largeur de cet édifice est de 53 pieds 4 pouces, et 52 pieds d'élévation; sa superficie est ornée d'assises continues en bossages rustiques vermiculés, excepté l'imposte **A, A,** qui est uni au lieu d'être pointillé en tortillis, comme les autres assises, ainsi que le représentent différentes gravures. Les bossages dans les angles, au-dessus de l'imposte, continuent d'être vermiculés de même que les voussoirs **B** extradossé de la grande arcade du milieu, au-dessus de laquelle commence l'architrave **C** d'un riche entablement imité de Vignole, mais dont les moulures sont trop délicates pour l'architecture mâle de cette porte triomphale, qui, à la vérité, était à l'entrée de la ville, à l'époque où on l'a bâtie; ce qui peut justifier en quelque façon les bossages vermiculés de cette construction.

La corniche de l'entablement est soutenue par des consoles surmontées de modillons, entre lesquels sont des caisses avec rosasses, ornant le soffite du larmier. La frise est décorée entre les consoles, à partir du cavet ou simaise inférieur de la corniche, de différens attributs guerriers, et d'un soleil, emblême de la gloire de Louis XIV, placé au milieu des quatre faces de cet arc-de-triomphe. L'entablement est surmonté d'un attique **D,** dont les quatre angles sont formés de pilastres angulaires saillans. Les membres de cet attique sont aussi trop délicats pour sa hauteur. Il paraît même n'avoir été fait que pour recevoir l'inscription suivante, composée en latin par F. Blondel, architecte de la Porte Saint-Denis (*), et que je traduis aussi en français, pour que chacun le comprenne, ne trouvant rien de si insipide que ces inscriptions dont les savans ont seuls le privilège de déchiffrer le sens; comme si nous devions rougir de notre langue naturelle.

(*) Le Modèle de la Porte Saint-Denis, l'un des plus beaux monumens de la capitale, s'exécute en ce moment sur la même échelle que la Porte Saint-Martin, et paraîtra dans les numéros de 1817.

COTÉ DU BOULEVARD.

LUDOVICO MAGNO
VESONTIONE SEQUANISQUE
BIS CAPTIS
ET FRACTIS GERMANORUM
HISPANORUM BATAVORUMQUE
EXERCITIBUS
PRŒF ET ŒDIL. P.
C C
ANNO R. S. H. M. DCLXXIV.

A LOUIS-LE-GRAND
QUI PRIT DEUX FOIS
BESANÇON ET QUI FUT
VAINQUEUR DES GERMAINS
DES ESPAGNOLS ET DES BATAVES
ANNÉE 1674.

COTÉ DU FAUBOURG.

LUDOVICO MAGNO
QUOD LIMBURGO CAPTO
IMPOTENTES HOSTIUM MINAS
UBIQUE REPRESSIT
PRŒF ŒDIL PONI
C C
ANNO R. S. H. M. DCLXXV.

A LOUIS-LE-GRAND
APRÈS LA PRISE DE
LIMBOURG ET APRÈS
AVOIR IMPOSÉ EN
TOUS LIEUX DES LOIX
A SES IMPUISSANTS ENNEMIS
ANNÉE 1675.

Les bas-reliefs qui occupent les renfoncemens situés entre l'imposte, l'entablement, les assises en bossages des angles et l'estrados de l'arc du milieu, représentent, du côté du boulevart, à gauche, Louis XIV triomphant de la triple alliance, sous la figure d'Hercule vainqueur, couronné par la victoire; à droite, la ville de Besançon remet ses clefs au grand

Condé. Ce prince s'étant présenté, le 5 février 1667, sous les murs de la ville, où la crainte de sa valeur l'avait devancé, il en reçu les clefs le 7. Ce fut le signal de la prise de la Franche-Comté, qui fut entièrement soumise en 17 jours.

Du côté du faubourg, deux autres bas-reliefs occupent un emplacement semblable; celui qui est à droite représente un guerrier repoussant un aigle, malgré ses efforts pour lui résister, emblême de l'avantage de l'armée française sur les Allemands; à gauche, la prise de Limbourg par le duc d'Enghein, le 21 juin 1675.

Le pavillon que l'on voit de ce côté, sur la gauche de l'édifice, reçoit le jour par une croisée; celui à droite est ouvert par une porte conduisant dans un petit réduit occupé par un marchand d'estampes. L'autre partie de ce pavillon, dont l'entrée est sur le boulevart, est louée à un marchand de porcelaine; l'on y trouve un escalier conduisant à la pièce au-dessus, où l'on voit une cheminée et l'entrée de l'escalier circulaire à noyau évidé, lequel est éclairé par une demi-croisée E, et une autre petite fenêtre mezzanine F. Cet escalier conduisait autrefois sur une terrasse pratiquée dans le haut de l'attique, lequel était massif; mais des experts ayant reconnu que ce poids considérable nuisait à la solidité de l'édifice (*), l'on fit enlever 12 pieds de pierre en contre-bas, sur 8 pieds de large et 39 de long. Cette maçonnerie superflue fut dès-lors remplacée par une petite couverture à deux pentes G, formant une noue cornière; ce qui procure une pièce assez grande avec cheminée. Cette chambre reçoit le jour par une croisée; une porte pratiquée auprès, conduit à une petite cour, au fond de laquelle l'on aperçoit encore une fenêtre. L'autre pavillon, à droite du

---

(*) Ce qui se rapporte à ce que j'ai dit plus haut des petits pavillons qui deviennent inutiles aujourd'hui; ce poids n'existant plus, leur suppression donnerait même un air plus imposant à cette porte triomphale.

boulevart, est semblable au précédent, excepté qu'il n'a point d'issue dans l'intérieur de l'édifice; il est occupé par un marchand de vin.

Le bel arc-de-triomphe dont je viens de donner la description a été bâti d'après les dessins et sous la conduite de Pierre Bullet, d'abord dessinateur et appareilleur de F. Blondel, après la mort duquel il fut nommé architecte du Roi, et de l'Académie royale d'architecture fondée par Louis XIV (*), dirigée par F. Blondel, qui fut le restaurateur de l'architecture en France. Bullet fit aussi bâtir l'église de Saint-Thomas-d'Aquin, au faubourg Saint-Germain, le château d'Ivry, etc., etc. Mais son plus bel ouvrage, celui qui suffirait à sa réputation, est son traité d'architecture pratique, imprimé pour la première fois en 1691.

La sculpture de cet édifice a été exécutée par Desjardin, Marsy, Le Hougre et Legros, père du fameux Legros.

(*) Ce Monarque, dont les armes furent tant de fois victorieuses, a su s'attirer une gloire bien plus belle, par les fondations des académies de peinture et sculpture, en 1664; celle des Sciences, en 1666, sous la direction de Colbert, qui fit construire, un an après, l'Observatoire, par les ordres du Roi. Cette académie fut renouvelée par des lettres-patentes, en 1697; l'académie d'architecture, en 1671; celle des gardes-marine, à Brest et à Toulon; et celle des cadets de famille, pour le génie, dans les citadelles de Tournay et de Metz, en 1682.

L'on ne tarda pas à recueillir les fruits d'aussi heureuses institutions. Les travaux du fameux Lebrun, le Dictionnaire de l'Académie, les superbes productions d'architecture et de sculpture, qui peuvent le disputer à l'antiquité; l'exécution du fameux canal du Languedoc, qui joint l'Océan à la Méditerranée. Je ne parlerai pas ici des encouragemens que reçut la marine; de l'établissement de l'Hôtel de Mars, pour les soldats invalides; enfin, des productions en tous genres résultant de la faveur que ce Monarque accorda aux sciences et aux arts.

~~~~~~

N.° VII.

NOUVEAU BELIER

FORMANT APPAREIL

AVEC LA MACHINE PROPRE A FAIRE DES PIERRES FACTICES.

Echelle d'un pouce pour pied.

J'AI déjà parlé de l'application des pierres factices aux constructions calorifères ; mais il me reste à faire connaître les machines et outils propres à leur confection. M. Cointeraux fait mention, dans ses ouvrages, de différentes mécaniques propres à agir sur l'espèce de moule qu'il nomme crécise, au moyen duquel on obtient des pierres avec la terre seule. Ces matériaux qui peuvent remplacer les moëllons et la brique dans toutes sortes de constructions hors de l'eau, la machine qui agit le mieux sur la crécise, celle que l'expérience a confirmée, et dont l'auteur ne donne qu'une gravure insuffisante, est un mouton avec lequel l'on enfonce ordinairement les pilotis, connus sous les noms de sonnette ou belier. Celui que M. Cointeraux a représenté, est tout simplement une pièce de bois fixée verticalement à une panne dépendante du toit d'un hangard. *Voyez* planche 2. Cette pièce de bois sert au mouton V, fig. F, lequel est entaillé par le bas pour entrer dans la case du moule I; à côté, un jeune homme prêt à faire manœuvrer la crécise. Un ouvrier, dans la force de l'âge, tire le mouton au moyen d'une poulie placée dans une espèce de mortaise pratiquée dans l'épaisseur de la jumelle; par conséquent, ce mouton ne doit peser que cinquante à soixante livres, puisqu'un seul homme le fait manœuvrer. Aussi ne sont-ils occupés ici qu'à faire des mottes d'engrais VII, d'une compression très-légère. Le moule dont ils se servent, est d'une seule pièce traversée d'une case circulaire, plus évasée par-dessous que par-dessus, c'est-à-dire, en cône. Le jeune homme I, fig. F, fait tourner le moule en poussant la manette 11, fig. E, sur une pièce d'appui III; alors il chasse la motte à coups de maillet sur un cylindre de bois qui traverse la case. La motte de terre tombe en IV, et il l'apporte au tas VI.

L'expérience ayant démontré que le mouton dont il s'agit ne pourrait servir que pour des pierres de petites dimensions, et que l'on n'avait pas toujours des angars assez solides pour soutenir l'ébranlement d'un mouton plus fort, il a fallu recourir à d'autres expédiens. Un belier à enfoncer les pilotis devenait trop dispendieux; il est vrai qu'on le transporte à volonté, ce qui est nécessaire pour piloter, mais inutile pour l'ouvrage dont il est question.

Le modèle du mouton que je vais décrire, est dû aux lumières de mademoiselle Cointeraux, fille de l'auteur; et depuis six ans qu'il est en pratique dans les grands travaux, il a parfaitement rempli son but.

A, sol de plein pied; B, soubassement en maçonnerie, dans lequel sont scellées les deux jumelles; C, tablier en pierres ou en bois, sur lequel est fixée une tige de fer qui sert d'axe verticale à la crécise; D, masse extérieure et d'une seule pièce, représentant la crécise,

5

telle que je l'ai perfectionnée, et dont M. Cointeraux a fait usage en Angleterre. E, tête du mandrin supposé, entré dans la case; F, F, jumelles ou coulisses pour conduire le mouton; G, G, petites traverses pour empêcher le mouton d'atteindre la poulie; H, pièce de bois ou chapiteau des jumelles; I, mouton.

L'on doit monter cette machine le plus près possible de l'endroit où l'on veut bâtir; à cet effet, l'on fouillera à environ trois pieds de profondeur et autant de largeur. Après quoi, posant au fond un rang de pierres, ou un bout de madrier sur lequel on place et maçonne perpendiculairement la jumelle F, F, jusqu'à seize pouces au-dessus du niveau du sol, y compris le tablier C, le boulon I, ainsi que la pièce d'arrêt 2 doivent être fixés solidement. Il faut avoir soin que le mouton soit en bois dur; l'on choisira, s'il se peut, des troncs d'arbres près les racines. Le bois dur pesant environ cinquante livres le pied cube, trois pieds cubes suffisent pour comprimer les plus grosses pierres, qui ne peuvent excéder un pied de long sur six pouces carrés; ce qui donne, suivant la qualité des terres, soixante livres pesant. La forme à donner au mouton n'étant pas indifférente, je conseille de suivre exactement celle du modèle, c'est-à-dire, seize pouces de large et dix d'épaisseur; ce qui procure cent soixante pouces carrés, multipliés par trente-deux pouces de haut, produit cinq mille cent vingt-deux pouces cubes. Nous avons donc un déficit de soixante-quatre pouces, pour compléter les trois pieds cubes, lesquels doivent peser cent cinquante livres. Ce poids se trouvera néanmoins par l'addition des accessoires, tels que les conducteurs et leurs chevilles, qui empêchent le mouton de s'écarter lorsqu'il glisse entre les deux jumelles; plus, quelques ferremens qu'on est souvent obligé d'ajouter pour empêcher le bois de se fendre; enfin, la partie cintrée supérieure du mouton, et l'anneau de fer où s'attache la corde qui ajoute elle-même sa pesanteur : l'on aura de reste le poids de cent cinquante livres, maximum de la force de trois hommes.

Un modèle particulier de la nouvelle crécise que j'ai eu l'avantage de perfectionner, serait nécessaire pour terminer cet article; mais celui de mes ouvriers qui travaille le mieux dans cette partie s'étant blessé, je renvoye la suite à un des numéros de 1817, où je ferai connaître la manière de faire des pierres et des briques factices, capables de remplacer la brique cuite et les moëllons de carrière, sans ôter de la durée ni de la solidité des édifices, malgré que ce procédé ne coûte que le tiers de la dépense ordinaire.

N.º VIII.

DÉCORATION D'UNE GLACIÈRE

EN FORME DE TOUR ANTIQUE.

Echelle de 2 lignes pour pied.

Suivant Charles de Mitylène, nous devons l'invention des glacières à Alexandre-le-Grand. Une glacière proprement dite, est une espèce de souterrain bien fermé, où l'on amasse de la glace l'hiver, pour préparer les boissons rafraîchissantes dans les chaleurs.

Le modèle dont il est question n'est que le revêtissement de la construction que l'on nomme glacière, construction dont je m'engage à faire connnaître la meilleure forme dans d'autres numéros. Cette tour doit être bâtie sur le bord d'un fleuve, au-dessus d'un rocher, ainsi que l'indique le modèle. Ayant soin de tourner la porte du côté du nord, la forme de cette construction et l'ouverture placée en haut, désignent un fanal qui servait autrefois de guide aux bâtimens. Le site doit être non-seulement romantique, mais annoncer le voisinage de la mer, qui baignait jadis le pied du rocher où s'élève cette tour. Cependant, je ne conseille pas à un propriétaire de forcer la nature pour obtenir ce point de vue ; car, outre les frais énormes où il serait entraîné, il en résulterait toujours un mauvais effet.

L'on gravit le rocher du côté de l'eau, à l'aide d'un escalier taillé grossièrement dans le roc. A gauche est un chemin par où les charrettes peuvent aborder; l'on y remarque même des ornières sillonnées par les roues. L'intérieur de cette tour peut servir de colombier à des pigeons bizets. Il faudrait alors pratiquer une ouverture au midi. Ce genre de volatile, plus sauvage que domestique, ne ferait rien perdre de la première idée que j'ai donnée de cette fabrique, en ayant soin de n'y mettre aucune marque extérieure qui annonçât un colombier.

N.° IX.

NOUVELLE SCIE

POUR LE BOIS DE CHAUFFAGE.

Echelle d'un pouce pour pied.

L'on prétend que ce fut Icare qui inventa la scie, en voyant l'arrête d'un poisson; quoi qu'il en soit, cet outil simple est de la plus grande utilité.

Il ne se trouve pas partout, comme à Paris, des commissionnaires pour scier le bois de chauffage à bon marché; aussi n'ai-je pas balancé à faire connaître à mes abonnés une nouvelle scie déjà répandue en Allemagne : tant il est vrai que les étrangers savent apprécier mieux que nous les utiles inventions.

A, buche posée sur le chevalet pour être sciée; B, B, montans dépendans du chevalet et servant d'appui à une traverse C, dont les extrémités, en forme de tourillons, lui permettent de servir d'axe à la scie, au moyen d'un rayon D, à l'extrémité duquel la scie est suspendue dans une espèce d'entaille qui lui sert de jumelle au moyen d'une petite broche en fer qui traverse le sommier, et joue elle-même dans une coulisse; ce qui facilite la scie à descendre à fur-et-mesure qu'elle entre dans la buche; F, F, arcs-boutans qui consolident l'appareil. Le scieur, tenant la scie en H, n'a qu'à tirer à lui, un contre poids faisant avancer la scie au moindre mouvement qu'on lui donne, le scieur ne fait plus que la moitié de l'ouvrage; encore est-ce le moins difficile, car il est plus aisé de retirer la scie que de la pousser.

N.º X.

PETITE MAISON DE CAMPAGNE
EN FORME DE PAVILLON SEXAGONE.

Echelle de 2 lignes pour pied.

LE pavillon que représente ce modèle ne consistant qu'en un rez-de-chaussée, paraîtra un peu méplat au premier coup-d'œil; mais il faut faire attention que l'on ne peut voir en grand qu'un côté à-la-fois, et les deux autres en perspective. Il est aisé de se convaincre du joli effet de cette construction, en jetant les yeux sur la planche 3, fig. 2, plan du pavillon. A, trape conduisant aux caves; B, rotonde propre à servir de bibliothèque et de salle de concert, ainsi qu'aux exercices des jeunes gens pendant la saison rigoureuse; C, chambre à coucher; D, salon; E, salle à manger; F, cuisine; G, G, deux petits couloirs, espèces d'antichambres qui servent à dégager les autres pièces, dont on peut voir également la distribution dans le modèle, en ôtant deux côtés du toit. Cette distribution n'étant pas de rigueur pour la solidité de cette petite maisonnette, le propriétaire peut y faire des changemens qu'exigeront son goût et sa commodité. Fig. 3, pavillon tel que la vue peut l'embrasser à quelques pas, s'il était construit en grand.

Cette petite maison de campagne, d'une forme cymétrique, couverte en ardoises, et peinte à fresque, peut faire un fort bon effet dans un paysage d'une élégante simplicité.

N.º XI.

ECONOMIE DOMESTIQUE.

CHEMINÉE A BRULER DES CHARBONS DE TERRE,

EXÉCUTÉE D'APRÈS LES IDÉES DE M. DE LA CHABOUSSIÈRE.

Echelle d'un pouce pour pied.

LE prix excessif des bois de chauffage, qui va toujours en augmentant, est le principal moteur des inventions et perfectionnemens que l'on continue à faire sur nos foyers domestiques; mais le meilleur moyen d'économie, celui qui rendrait des sols perdus pour l'agriculture; celui qui, en desséchant une infinité de marais, rendrait l'air plus sain et les maladies moins fréquentes; celui enfin que l'on s'emprèsse le moins d'employer, ce sont les charbons de terre, tels que la tourbe et la houille qui abondent en France: mais la routine qui naît de l'ignorance du bas peuple; l'indifférence des gens aisés et l'orgueil de la plupart des riches; que dis-je! le caprice même d'une petite maîtresse ou d'un fat, suffisent souvent pour faire dédaigner une chose utile. Mais je m'aperçois que, suivant moi-même ma verve bilieuse, j'allais aussi prêcher dans le désert: revenons à notre sujet.

Ce modèle représente une cheminée ordinaire, *dite* capucine, dans laquelle est faite une addition pour brûler du charbon de terre. Le défaut que l'on trouve à ce combustible est une odeur désagréable, et une poussière noire qui salit les meubles. Cet inconvénient résulte de la mauvaise disposition du foyer, ou des cheminées qui refoulent, au-lieu d'aspirer fortement, comme cela est nécessaire pour ce combustible. Un moyen fort simple peut rendre toute la pompe qui manque à ces cheminées; il s'agit seulement de pratiquer une ventouse au-dehors, et d'amener l'air extérieur près du cendrier, au moyen d'un conduit pratiqué sous le carrelage de l'appartement. Ce passage d'air froid alimente parfaitement la flamme, sans avoir l'inconvénient de ces tuyaux d'orgue qui gèlent le dessus des mains lorsqu'on les approche du feu, et empêchent la chaleur d'entrer dans l'appartement, sans garantir la plupart du temps de la fumée. La ventouse que je propose a été même opposée très-souvent avec succès au vent du midi, qui fait rabattre presque toutes les cheminées.

L'inconvénient que l'on trouve à brûler des charbons de terre résulte aussi de la mauvaise façon dont on dispose le feu. J'arrive de Saint-Quentin, où tous les habitans font usage de ce combustible; je dis tous, car il ne faut excepter que quelques négocians fort riches qui brûlent du bois par une vanité mal placée. Ayant visité différentes maisons, je ne vis personne incommodé par ce chauffage; au contraire, chacun me faisait l'éloge de l'économie et des agrémens de ce combustible, qui ne coûte que le tiers du bois, produit plus de chaleur, donne une flamme variée, et sert également à la cuisine. Les cendres de tourbe sur-tout font un excellent engrais que les pauvres gens vendent fort cher. En Écosse, l'on brûle même une espèce de tourbe composée de gazons où l'herbe est encore. En Hollande, les plus riches préfèrent la tourbe au bois. La houille, qui est une espèce de terre grasse et noire, a les mêmes propriétés que le charbon de terre de nos foyers. L'on prétend qu'elle a été découverte dans le pays de Liège, l'an 1200. Voilà de quelle manière j'ai vu allumer ce combustible : Les Saint-Quentinois ont soin d'acheter, pendant l'été, quelques copeaux ou brins de fagots, dont ils prennent tous les matins une poignée pour allumer le feu ; déposant ce petit bois sur le gril, au fond du fourneau (*voyez* le modèle), ils mettent au-dessus un rang de charbon de terre d'environ trois pouces d'épaisseur, assez légèrement posé pour que la flamme des copeaux puisse passer au-travers ; ensuite ils y mettent le feu. Lorsque les charbons sont bien allumés, ils finissent d'emplir le fourneau, plaçant en même-temps une plaque de tôle A, devant la cheminée ; alors l'air attiré par le feu, se précipite vivement au-travers de la grille : ce qui embrâse dans l'instant tout le charbon, d'où il s'élève une fumée épaisse pendant un moment. Le feu étant bien pris, l'on retire la tôle A, pour jouir de la chaleur et arrêter la trop grande rapidité du courant d'air. Il faut faire attention que ce combustible n'aime pas à être tourmenté. Il suffit de remettre du charbon une fois par jour sur le feu, pour entretenir la chaleur à douze degrés dans un appartement ordinaire, depuis le matin jusqu'au soir.

J'ai vu de bons marchands de Saint-Quentin faire une partie de leur cuisine dans la cheminée de l'arrière-boutique, sans que cela parût. B B, portes en tôle, fermant un four du même métal. Le reste de la cheminée est ferré et revêtu de carreaux de faïence, ainsi que le représente le modèle. Je conseille de faire en briques sur champ le tambour C, dont il est aisé de reconnaître la forme, en ôtant la petite cheminée de la grande ; D, plaque en fonte de l'ancienne cheminée, arrangée pour la nouvelle ; E, E, bouches de chaleur; F, F, ventouses par où passe l'air de la chambre qui, après s'être échauffée entre les deux cheminées, sort par les bouches de chaleur. L'on peut supprimer les fours, dans le cas où ils deviendraient inutiles; alors les bouches de chaleur seraient très-importantes, puisque sans leur secours, une partie du calorique serait perdue derrière l'appareil.

FIN DES MODÈLES DE 1816.

DE L'IMPRIMERIE DE LEBLANC.

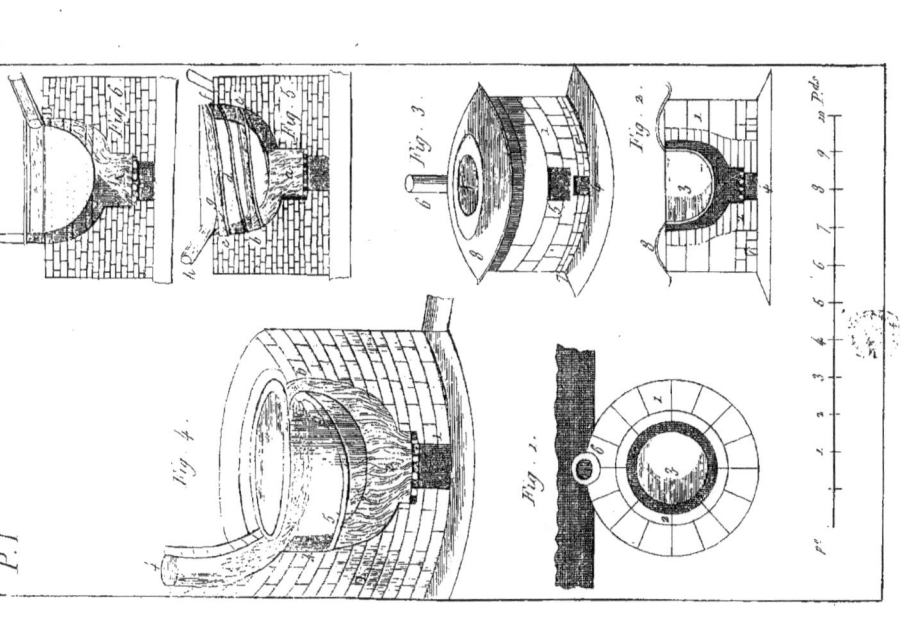

Fig. 1.

Fig. 2.

Fig. 3.

Fig. 4.

Fig. 5.

Fig. 6.

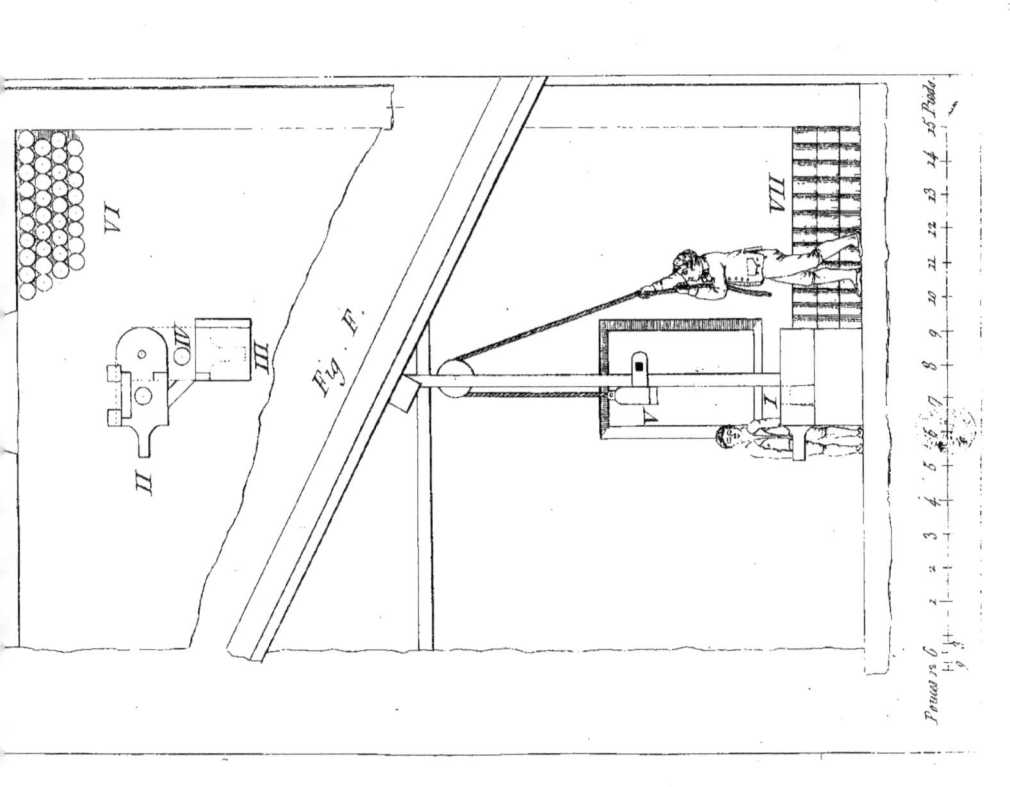

Fig. F.

II

VI

III

IV

VII

V

I

Душин 10 6 1 2 3 4 5 6 7 8 9 10 11 12 13 14 15 Feet.

Pavillon

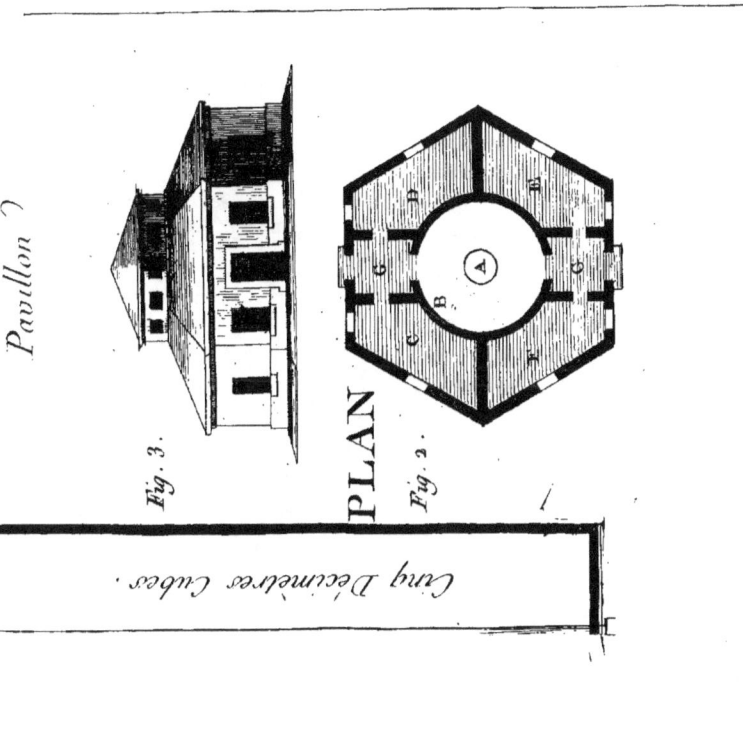

Fig. 3.

PLAN

Fig. 2.

A

Cinq Décimètres Cubes.

www.ingramcontent.com/pod-product-compliance
Lightning Source LLC
Chambersburg PA
CBHW071254210626
46818CB00013B/1431